きみの最後の一カ月、
恋はオパール色になって

遠藤遼

JN071381

二見サラ文庫

Illustration　フライ
本文*Design*　若杉葉子

C O N T E N T S

目に見えるものが実在かどうかは、本当は不確かなものだ。

それをひどく印象づけてくれたのは、高校二年の美術の時間だった。

色は実在ではない――そう初めて聞いて、僕、佐久間智也《さくまともや》はひどく狼狽《うろた》えた。

「嘘《うそ》だと思うなら、真っ暗な部屋のなかで色が見えますか？」

と初老の美術教師が問いかけた。カーキ色のジャージにやや少なくなった白髪。メガネのフレームの黒が目立つ。その黒さはすべての色を吸い込んだ名残《なごり》のようだった。

本当は聞いてはいけなかったような、それを聞いてしまったら世界が取り返しのつかない変容をしてしまうような、不気味で冷酷で容赦ない現実が突きつけられた気がした。

僕は慌てて、クラスメイトたちがいまそこに色を持っているか確かめた。

ほとんどのクラスメイトは、四人がけの机に各々《おのおの》顔を向けて聞いている。

ひとり、春原彩乃《すのはらあやの》だけが顔を上げて美術教師を見ていた。

彩乃は、僕の座っている机のひとつ向こうにいる。

そこは窓際で、射し込む太陽の光が彼女を照らしていた。

彩乃の髪は黒い。黒いけれどもつややかで、虹色に光っている。カーテンが揺れるたびに彼女の髪も揺れて、複雑にきらめいた。

なんでこんなことを覚えているかと言えば、ちょうどその頃、僕には忘れられない出来事が重なったからだ。

ひとつは、母の自殺。

もうひとつは、「石炭病」と呼ばれる奇病が日本で発見されたことだった。

美術教師はこんなふうに続けていた。

「光のなかにいろいろな波長の色の光があって、ぜんぶが重なると白く見え、特定の波長の光を跳ね返すと色が見えるのです」

光が照らすから、色がある。

色のない世界を、光が変える。

それならば、僕は光がいい。

ちょうど彩乃の髪に七色の輪舞を作っているあの光のように――。

急に彩乃が僕のほうに顔を向けた。僕が見ていたことに気づいたのだろうか。

彩乃と目が合った。

彼女がにっこり笑う。

小学生の頃のような無邪気な笑顔。

その笑顔はきらきらして、あざやかで、けれども淡く、儚《はかな》くて。

手が届きそうで届かない、空の虹のようだった。

第一章

淡いピンク色が丸く集まったような八重桜は、いままさに満開だった。教室から見下ろせば雲のように、あるいは花がさのように連なりながら、地面に薄い影を落としている。

高校二年の春、着慣れて柔らかくなった制服のブレザーは、日に当たっているところだけ熱くなっていた。日射しは熱くなってきたのに、風はまだ冷たい頃合いだ。

時折、風が緩く吹いて薄紅色の花びらを散らせている。

チャイムが鳴って、水曜日の五時間目の授業が終わった。

気の早い男子が歓声を上げ、数学教師が嫌そうな顔をしながら日直を促す。日直が終礼をした。数学教師が教壇を降りると、先ほどの男子、佐山《さやま》や園田《そのだ》がスマートフォンをチェックしている。

「また石炭病だってよ」

「人間が石炭になるってどういう原理だよ。都市伝説、都市伝説」

それはここ一カ月ほど、ネットでときどき話題になっている病気だった。本来、タンパク質や脂肪などで構成されている人体が石炭に変わっていくのだという。

騒いでいた男子連中と仲のいい女子の吉村《よしむら》が首を伸ばしていた。

「石炭って炭素でできてるでしょ？　人間の身体《からだ》にも炭素があるから、それがなんらかの事情で暴走して結晶化したものだ、みたいなのがネットで出てたけど」

吉村はクラスで人気の女子だった。やや茶色がかった、見るからにさらさらの細い髪質。ちょっとした芸能人よりも愛嬌《あいきょう》のある笑顔。小柄だけどスタイルはよくて、入学早々から上級生に告白されたりしているらしい。

その吉村と話している佐山や園田も、彼女を狙っているのだろう。

「マジか。人間って炭素があんのか」

「化学の氏家《うじいえ》が言ってたじゃん。──佐久間くんなら頭いいから覚えてるよね？」

と、吉村が振った。不意打ちを食らった。

「うん。そうだね」とだけ答える。

先ほどの男子生徒が「やべ。ぜんぜん覚えてねえ。咲希《さき》ちゃん教えて」と騒いでいるけれども、僕はなんとなく目を伏せて数学の教科書とノートを片づけていた。ちなみに、「咲希」というのは吉村の下の名前だった。

教室を出る準備をしながら、知識の確認も兼ねて僕は心のなかだけで答える。化学の氏家先生曰《いわ》く、人体の六〇パーセントは水分。それを除くと、炭素原子五〇パーセント。あとは酸素原子、水素原子、窒素原子などで構成されている……。

「石炭病っていうんだから、身体が真っ黒になっちゃうのかな。ヤバくない？」

「ヤべえよな」と佐山が繰り返している。

「ねえねえ。佐久間くん、どう思う」

と吉村がまた僕に話を振ってきた。佐山や園田では「ヤバいヤバい」だけで生産性がないと思ったのかもしれない。

「そうだね――」

曖昧に相づちを打ってみた。

部活のあるクラスメイトたちが教室を出ていく。こういうとき、部活があるのはありがたい。ネットニュースについてあれこれ意見を交わさなくていい。僕も剣道部に行きたい。身体を動かせば頭が空っぽになるし。

そんな助けの願いを込めて目だけ動かしていたら、スマートフォンが振動した。

「ちょっと、ごめん」とスマホを取り出しながら、廊下へ出る。

《部活が終わったらスーパーに買い出し》

僕がメッセージを確認していると、その送り主である春原彩乃が、すぐ目の前を通り過ぎる。僕の幼なじみ。背が高くてきれいな顔立ちをしていて、そばを通るといつもムスクにも似た甘い匂いがするからすぐわかる。メッセージについてあえて素知らぬ顔をしているのがかえって白々しい。そのくせ、互いの至近距離を通るときには、ちらりと僕を見ていた。

僕らは別に付き合っているわけではないのだけど、諸般の事情で生活共同体みたいなところがあって、それを簡単に説明するのは難しい。だから、こんなメッセージのやりとりを他のクラスメイトに知られるわけにはいかないのだ。

サンキュ。おかげで逃げられた。僕は軽く眉を上げて彩乃を見送る。彩乃は教科書類の入ったカバンと、着替えの入ったリュックを背負って教室から出ていった。彩乃は陸上部。この都立富士本《ふじもと》高校の陸上部は関東大会の常連である。

彩乃と並ばない程度の距離を置いて、教室を出た。

格技棟――といっても、うちの高校には柔道部も空手部もないから剣道部だけで使っている――二階の部室で道着に着替える。袴《はかま》の紐《ひも》が腰を締める感覚が好きだった。

防具を準備し、垂れと胴を身につける。

黙想。礼。そののち、練習が始まる。

富士本高校剣道部は男女混合の部活だが、都大会で優勝候補になるくらいのレベルではあった。

面の独特の、かすかにカビ臭い藍の匂い。視界が狭まり、聴覚も抑圧される。小手を身につければ触覚も制限される。そのなかで無心に切り返しをし、打ち込み練習をする。

汗と掛け声が、心のなかのものを押し出していく。

――春休みに、母が死んだ。

自殺だった。

明るい母だった、と思う。月に一度、父の給料日に家族三人でファミレスに夕食を食べに行くのを楽しみにしていた。贅沢《ぜいたく》よりも、ごく慎《つつ》ましやかな暮らしぶりを大切にしていた母だったと思う。

桜が散った頃、その母が自宅で首をつっていたのだ。

遺書はなかった。

父が先に泣き崩れた。だから僕は泣けなかった。泣く暇がなかった。

自殺するしばらく前から母が何かの薬を飲んでいたみたいだとはわかっていた。けれども、僕が尋ねても母は笑ってなんの薬か教えてくれなかったし、深く考えなかったからそれ以上聞かなかった。

遺品とも呼べない母の物を整理していれば、それらの薬も出てくる。アリセプト。メマリー。気になってインターネットで調べてみたら、アルツハイマーの薬だった。

「お母さん、アルツハイマーだったのか」と言って、父がまた泣き声を上げた。

母の葬儀が終わって、父がこんなことを教えてくれた。

「お母さんが死ぬ数日前な、おまえがいないときに大げんかしたんだ」

「え？」

喪服姿の父は、ほんの数日でずいぶんしょぼくれて見えた。

「お父さんに向かってな、『あんたはわたしの弟だ。夫だなんて気持ち悪い』と突然本気で怒り始めたんだよ。小一時間くらい説得してやっと納得したみたいだったけど——お母さん、短い時間だったけど俺の顔をすっかり忘れてたんだな」

そう言って父はまた泣き崩れた。

どうやら母は自分の記憶がぼろぼろになって、父や僕の顔をすっかり忘れてしまう前に、死ぬことを選んでしまった——少なくとも、父はそう思っているらしかった。

母は、僕らのことがわからなくなって、自分すらもわからなくなってしまう前に、つまりは自分が自分だとわかるうちにこの世を去りたかったのだろうか。

仮に母が自殺しないでアルツハイマーが進行したとき、僕は何ができたのだろう。

それ以来、僕はひとりで家にいるのが無性に怖くなった。母の幽霊が出るのではないかとかいうような怖さではない。母が崩れていく記憶と共に、ひとりでいた同じ場所の重みに潰されそうな気がしていたからだ。

僕はなるべく遅く家に帰れるよう、むきになって部活へ出始めた。

部活で、僕に母の死のお悔やみを言ったのは、顧問の先生を除けばほとんどいない。僕があまりしゃべっていないからだけれども、どんなふうに話をしたらいいかもわからなかかったからだ。人間がひとり死に、火葬場で焼かれて肉体も消滅したというのに、世の中は普通に回っている。火葬場を出たときに見た空は白々しいほどに青く、黄色い菜の花は風に波打っていた。母がいなくなった空虚さを、僕は誰に訴えればよいのかわからずにいた。

葬儀には、担任やクラスメイトは来てくれた。教室以外で会う制服姿のクラスメイトたちがどこか芝居じみて見えてしまった。ずっと泣いている父と比べて、泣いていない僕を薄情だと思う奴《やつ》もいるだろうなと、他人事のように思っていた。

父の代わりに葬儀屋とやり合わなければいけなかったから、というのは言い訳にならない。

僕はただただ母の死が受け入れられなかったのだ。

その感覚はいまもまだ残っている。

僕が葬儀で涙をこぼしたのは一回だけ。「おばさん、ほんとに死んじゃったの？　おばさんのおにぎり、大好きだったのに」と春原彩乃がハンカチを口に当て、目を真っ赤にしているのを見たときだけだった。

顧問が会議で別の学校に行くとかで、今日の部活はいつもより短かった。面を取り、手ぬぐいで顔を拭く。明るくなった視界のなかで胸いっぱいに空気を吸い込んだ。

黙想し、礼をし、防具を片づけていると、三年女子の榊《さかき》原《ばら》先輩が声をかけてくる。

「智也、さっきの試合、よかったよ」

ショートヘアのさっぱりした先輩で、副部長をしている。顔立ちはどこか中性っぽいが、小柄で声は高い。それでいざ試合となると激しい掛け声を出すのにまるで声が嗄《か》れないのが不思議だった。部活で白い肌が桃色に染まり、いまも額の汗を手の甲で拭っていた。

「ありがとうございます」

と僕は小さく頭を下げた。部活あとだ。きっと男の僕は汗臭いだろうから、女子である榊原先輩のそばにいたくなかった。

剣道部の部室にはシャワーはない。乾いたタオルとボディシートでなんとかするしかなかった。

制服に戻って一階へ降りる階段を歩いていると、スマホが震えた。

《タイムセールで卵が安い》《買わねば》

送り主は彩乃だった。部活の前に送信されていたメッセージらしい。

スマホを手に立ち止まった僕を、剣道部で同じクラスの鈴木《すずき》がからかってきた。

「お？　彼女からのメールか？」

「そんなんじゃないよ」

「いいなあ。佐久間は幸せで」

鈴木、話を聞いていない。絡む鈴木に触発されて、他の男子や先輩たちも冷やかしてくる。僕は適当に逃げ回っていた。渡り廊下の屋根に溢れる八重桜の枝から散った花がいくつも地面に落ちているのが見える。薄紅色の丸い花がところどころ潰れたり、泥にまみれたり、茶色く変色していた。

右を向くと校庭がある。あちこちの木々の緑が深くなっていた。賑《にぎ》やかにいくつもの部活が校庭で活動している。僕は陸上部の彩乃の姿を無意識に探していたが、遠くて見えない。他の部活が終わるにはまだ一時間くらいあった。

行くところもないので一度教室に戻ると、吉村たち女子が三人くらいでノートを広げながらおしゃべりをしていた。

「あれ？　部活は？」と吉村が声をかけてくる。

男子女子の隔てなく気軽に声をかけるのが吉村のいいところだ。僕のようなタイプにはどうしていいかわからないときもあるけど。僕が少しまごついている間に、後ろから来た鈴木が、顧問が出張で短かったのだと答えてくれた。

「吉村たちこそ、部活は？」と鈴木が吉村たちのそばに座る。「バドミントンだったよね？」

「うーん」と答えながら、吉村は両手を伸ばした。身体を反らせたせいで胸の大きさが強調される。「今日はお休みにした」

「なんでだよ」

「疲れたんだもん。――いまさ、みんなと宿題やってたんだけど、ここわかんないの。教えて」

「あー、パス。そういうのは佐久間にやってもらって」

と鈴木が丸投げした。

「え？　僕？」

巻き込まれるように二問ほど数学の宿題を見てあげる。授業を聞いていればわかる内容だったのでそう言うと、「だって眠かったんだもーん」と吉村は笑ってごまかした。

残りも解かせようとする吉村たちの願いを却下して、僕も宿題を広げる。この時間があれば、数学と英語は終わるだろう。

《教室で宿題やってる》と彩乃にメッセージを送っておいた。

開いた窓から部活の音が流れ込んでくる。

サッカー部や野球部、女子ソフトボール部が練習試合を始めていた。

試合形式ではない陸上部は、男子は短距離を走り、女子は障害走をしている。

次、という陸上部顧問の声がして、女子が五人、スタートを切った。

そのなかに彩乃がいた。

袖なしのシャツに赤い短パンという陸上部のユニフォームで、するすると障害走をこなしている。

変わらないな、と思う。

彩乃とは幼稚園と小学校で一緒だった。昔から、大人びた整った顔立ちの子だったように記憶している。クラスで背の順に並ぶと僕はだいたい後ろから二番目で彩乃も同じくらいだったから、常に横に並んでいたように思う。いつもいい匂いがしていた。

他の友だちと一緒に、まだぜんぜん元気だった母の作ったおにぎりやホットケーキを、おやつとして食べに来たこともある。僕はひとりっ子だったから、友達を連れてくると母は張り切ったものだった。なかでもご近所の彩乃のことはとても気に入っていて、「うちにも彩乃ちゃんみたいな女の子が欲しいわー」と、僕も彩乃も返答に困る感想を口にしていたものだ。

小学校の体育でハードルをやったとき、ハードルに引っかかったり蹴飛ばしたりするクラスメイトが多かったなか、彩乃だけはまるで身体がぶれることなくぱたぱたと走り抜けていって格好良かった。脚が長かったのだと思う。

中学校は学区の関係で彩乃とは別の学校になったのだが、高校でまた同じ学校になった。「佐久間」と声をかけられたとき、僕もすぐに彩乃だとわかった。「よ。やっぱり佐久間じゃん。同じクラスだね」

「え？　春原？　久しぶりじゃん」と僕が言い返すと、彩乃は小学生のときのままの無邪気な笑顔を返してくれた。それと、小学生のときのままのいい匂いがした。

同じ中学から高校に進んだ人間は何人かいたけど、小学校で一緒だった友達と再会というのは彩乃だけだった。

けれども、それだけだった。

中学校の三年間は時間的にだけではなく、心理的にも長かった。三年間でお互い身長も伸びたし、彩乃はぐんときれいになった。彼女の黒髪がこんなにもきれいだったのかと、高校に入学してすぐに驚いたのは秘密だ。

ごくそばに住んでいるはずの彼女だったのに、なんだか知らない女の人みたいで。

中学三年間、教育指導要領に沿って同じ内容を学んでいるはずだけど、彼女の三年間を僕は知らない。同じように彼女も僕の三年間を知らない。僕らの人生の五分の一の時間は、幼なじみと距離ができてしまうには十分すぎる時間だ。

その時間を取り戻してくれたのは、母の死とその葬儀だった。

運命の皮肉だったのか、母からの最後のプレゼントだったのか……。

ただ僕は、彼女と再び笑い合えることをうれしく思っている自分を、知っている。

幼なじみとはいえ、高校生の男女が親しげにしていればそれなりに目立つ。僕も彩乃も目立つことは嫌い。となれば、教室ではいままでどおりの距離感を取ろうということで意見の一致を見ている。

けれども、彩乃の走る姿を覗《のぞ》き見てはいけないというルールはない。光る校庭を彩乃が走っている。小学校の頃と同じく流れるような走りで障害走をしている彩乃を見ていると、とてもまぶしく感じた。

彩乃がゴールした。一位だった。

一緒に走った他の女子と笑いながらスタート地点に戻っていく。

宿題を勝手にひと休みしてスマホをいじっていた吉村が声を上げた。

「茨城県で、また石炭病で死者が出たって」

考えるまでもなく、石炭病は妙な病だ。生物体である人間が石炭のようになって死んでしまうらしいのだから。らしい、というのは亡くなったあとの写真や映像などが出回っておらず、文字でしか公表されていないからだった。

伝聞情報だと「亡くなるときに、人体が石炭化しながら人の形からただの鉱物の塊に変わる」のだそうだ。

「画像とかって、今回もないの?」と鈴木が吉村のスマホを覗く。

「ないみたい。原因もまだわからないし、伝染するかもわからないって、ヤバくない?」

「とりあえず発症したら病院に隔離でしょ? 防護服に身を固めた医療関係者が対処するとか言うけど」

だが、どうすることもできず、ただ死を待つだけらしい。

自然発生なのか、生物化学兵器の一種なのかもわからないのだ。

発症したかどうかは、ネット情報によると血液が石炭のように真っ黒になるのでわかるという。そのせいで、病気の有無を見るために国民全員に身体の一部を切って血の色を確かめるべきだなどと言った医療関係者がいて、炎上していた。

把握されている死者は十数人程度だが、比較的若い人に多いくらいで、これといった共通性はない。その特異性が最近はマスコミも賑わせていた。

「石炭病ねぇ……」

宿題をさっさと処理してしまった僕は、外を眺めながらぼんやり呟《つぶや》く。

彩乃がまた障害走をしている。他の部活が徐々に後片づけに取りかかっていた。

「どうする？　なったら」

と吉村が、鈴木と僕に振ってきた。鈴木は「怖《こえ》えよ」と笑っていたが、僕は少し考えてから、

「あんまりリアリティがないから想像がつかないな」

身体が石炭になるって、どんな感覚なのだろう。痛いのか。それとも逆に感覚がなくなっていくのだろうか。生きている間に血液が石炭のように真っ黒になるというのはどういう気分なのだろう。

「そうだよね。死ぬってなんだかわかんないよね。——あ」

と、吉村がばつが悪そうな表情をした。僕は彼女の童顔に「かまわないよ」と微笑《ほほえ》みかける。別にそれでいいのだ。人は必ず死ぬ。僕の母の死を腫《は》れ物のように扱う必要はない。

「死んだらどうなるのかな」と鈴木が根本的にして高尚な疑問を口にした。

「あの世はあるんじゃないの」

と僕は言ったのだが、茶髪の吉村は首を傾《かし》げた。ひよこみたいでかわいかった。

「やっぱりあるのかな」

「吉村はあの世は信じてないの？」

「うん。見たことないし。お化けとか怖いし」

大切な人が死んでそれっきりというのは、つらい。母を亡くして特にそう思うようになった。僕には無神論や唯物論は逆に信じられない。大切な人にはずっとずっとどこかで笑顔でいてほしいから。

外で大きな声がし始めた。ありがとうございました、とそれぞれの部活が練習終了の挨拶をしているところだった。僕は勉強道具をカバンにしまい出す。

「そろそろ帰ろうかな」

ちょっとあくびが出た。鈴木も吉村たちも荷物をまとめて立ち上がったが、吉村はなぜか何もないところで転んでいた。

「吉村っておもしろいね」

「何それ」と立ち上がった吉村が、わかりやすく怪訝《けげん》な顔になる。

「さっきみたいな何もないところで転ぶような女子、そうそういないからさ」

「うっさい」と睨《にら》まれた。まるで怖くないけど。

気づけば陸上部の姿はない。

スマホが震えた。彩乃からだ。

《部活終わったから、すぐに攫《さら》いに行く》

勇ましいお言葉。ほんと、クラスメイトには見せられないな。

自転車置き場で合流、と打ち返して、僕は教室を出た。

下駄箱でスニーカーに履き替え、つま先をとんとんやりながら外へ出る。右手にある北校舎の屋外階段――通称〝シンデレラ階段〟――の向こうの自転車置き場へ小走りに行くとちょうど人目につきにくいいつものところに彩乃がいた。

陸上部のユニフォームから制服に着替えているけれども、暑いのか、ブレザーは脱いでいる。すらりと背が高く、肌は白い。小さい頃スイミングに行っていたせいで本人は肩幅があると気にしているが、僕はそうは思わなかった。部活で身体を動かし続けたおかげでほんのり桃色に染まった頰、まっすぐな鼻梁《びりょう》、かすかに開いた柔らかそうな唇。眉はきれいな形で、まつげは長くたっぷりしてる。

　彩乃はハンカチを取り出して前髪を持ち上げると額を押さえていたが、僕を見つけると口角を軽く引くだけの小さな笑みを見せた。制汗剤の匂いがする。石鹸《せっけん》の香りだった。

「着替えるの、早かったね」

　周りに知り合いがいないのを見計らって声をかける。

「急いだの」と彩乃が答えた。「智也、宿題やっちゃったんでしょ？　いいなぁ。わたしのぶんもやって？」

「吉村たちみたいなこと言うな」

「どうしてそこで咲希が出てくるの？」彩乃が眉をひそめた。「あ、咲希と一緒に宿題とかやってたの？　やらしー」

「違うよ。吉村たち、で複数だし、男子だって鈴木もいたし」

「咲希は男子に人気だもんね」

　と彩乃がにやにやと笑っている。からかっているだけなのだ。

「ぜんぜん関係ないし」

「ふふ。そうだよね。智也は、こんなかわいい子がそばにいるのにまったく口説かないヘタレだもんね」

「あれ？　どこにそんなかわいい子がいたっけ？　って痛てぇ！」

　思い切り脇に突きをくらった。剣道の胴で防いでいない場所だ。

「ほらほら、早くしないとスーパーのタイムセールに遅れちゃうよ」

悶絶している僕を彩乃が急《せ》かす。

同じ公立小学校に通っていた僕と彩乃は近所どころか、道を隔ててほぼ向かいに住んでいた。その道がくせ者で、このせいで僕と彩乃の中学の学区が線引きされてしまい、別々の中学へ行くことになってしまったのだ。真新しい中学の制服を着て、お互いによそよそしく挨拶をして別々の中学へ向かったときの居心地の悪さはいまでも覚えている。

だから、同じ高校になって元に戻って、返す返すもほっとした。

「今日は何が安いんだっけ？」

「挽肉《ひきにく》と、タイムセールの卵」

バッグを自転車のカゴに入れた彩乃がサドルにまたがった。スカートがふわりとなって太ももの白さが目に飛び込む。とっさに目をそらした。

彩乃が自転車を出す。僕は慌てて自分の自転車の鍵を外した。


富士本高校の周りは住宅地で、路地は狭い。数年前は畑ばかりだったらしいけど、いまはよく似た顔をした建売住宅が着々と増えていた。その住宅群を抜けて少し広い道路に出ると、車ばかりだけれども見晴らしがよくなる。近くには江戸時代に作られた有名な上水が流れていて、その上水沿いにはずっとソメイヨシノが植えられていた。いまは葉桜になってしまったが、桜の咲く季節にはとてもきれいだった。

陸上部のさわやかな美少女と僕がサイクリングを決めているのは、今日に限ったことではない。

お向かいさんである彩乃は、僕の母の死と死因を知っていた。葬儀のときには彩乃の母親が一生懸命慰めの言葉をくれたものだ。彩乃の母親がそんなにも慰めてくれたのは、彩乃の母親自身が伴侶——つまり、彩乃の父親をずいぶん昔に亡くしているからでもあったと思う。ずいぶん昔どころか、彩乃が生まれてすぐに亡くなってしまったと言うから、僕なんかよりも彩乃のほうがよっぽどシビアな境遇だった。

以後、彩乃の母親は再婚もせず、女手ひとつで彩乃を育てていた。家は、亡くなった彩乃の父親名義のローンだったとかで、死亡により免責。住むところだけは確保されているから助かったよ、とは彩乃の弁だった。

母が死んだ僕の家では、言うまでもなく父が昼間は働いているので、自然、僕が夕飯の支度をすることになったのだが、これまでやったことがなかった。

そこで、彩乃が力を貸してくれているのだ。

彩乃の家も母子家庭。中学一年生くらいからは彩乃が台所を仕切っていたというから立派なものだと思う。

僕が台所をやらなければいけなくなったときに、幼なじみとして彩乃がいてくれたのは本当に本当にありがたかった。料理を教えてもらえたし、ときには一緒に作って両家でおかずを分けたりしていた。夕食の残りは必然的に翌日の弁当にもなるから、一日三食のうち二食、僕らは同じようなものを食べているときもあった。

けれども、こんな関係が軌道に乗るには、僕のせいで少しだけ時間がかかったと白状しないといけないだろう。

彩乃はいい子だ。突然、かなりショックな形で母を亡くした僕をずいぶん気にかけてくれた。彩乃のお母さんがそうしなさいと言ったのもあるだろうけど、食事や洗濯を心配してくれた。いや、そうせざるを得ないほど、僕は少しいい加減になっていたのだろう。その頃、口にしていたものと言えば、ポテチと炭酸くらいしか思い出せない。洗濯をしてもアイロンなんてかけないから、シャツはいつもしわだらけだった。

夕方、だいたい同じ時間に、彩乃はインターホンを鳴らした。

「よ」と彩乃は軽く右手を上げた。昔からの挨拶だ。

「ああ……」

「智也、まともに食べてないでしょ？　肌が荒れてる。服もしわくちゃだし」

と、おかずのお裾分けを手にしている。唐揚げのいい匂いがした。

「そうかな？」と僕は軽く笑う。事実、彩乃の料理は父にあげて、僕は食べていなかった。

それより、家のなかの線香の匂いが彩乃につきはしないかが気になる。

「そんなことじゃ、おばさんが悲しむよ？」

僕はその言葉に、思わず声を上げて笑った。自分でもそれとわかる、引きつった表情を少しでもごまかしたくて。でも、言葉がそれを裏切った。

「はは。そう言うけどさ——彩乃だったら、こんなときに飯食える？」

「…………っ」

彩乃の顔が真っ青になった。

でも、止まらない。

「おまえはそうやってお恵みする立場だからわかんねえか？　おまえはいいよな。あわれな僕にごはんを恵んでやって、いい幼なじみをやれて。——僕は乞食《こじき》か⁉」

食器が地面に落ちて割れる大きな音がした。しまった、と思ったときには、もう遅い。一瞬にして顔をくしゃくしゃにして泣き出した彩乃が、自分の家に走って帰ってしまったのだ。彼女の後ろ姿、玄関を開けて閉める一連の動きが、遠くに感じられた。声をかけるのも、すぐに走って追いかけるのもできなかった。

最低だった。彼女を泣かせてしまったこと、暴言を吐いたこと、何より自分がこんなにも母の死で余裕がなくなっていたこと。どれもが最低で、最悪だった。

しばらく立ち尽くして、下を見たら地面に落ちた唐揚げがあった。

落ちた唐揚げを拾って、口に入れた。その温かさとおいしさに、彩乃の気遣いのぬくもりに、目から熱いものが流れ出す。さっきの僕を殴ってやりたかった。

僕は自転車で飛び出した。街灯の照らす通りを立ちこぎで駆け抜ける。ある物を買って全速力で、でも崩さないように戻ってくると、僕は彩乃の家に自転車を止めた。インターホンを鳴らすと、彩乃の母、春原美奈子《みなこ》さんが出てくる。焦げ茶色のボブヘアでメガネをかけている。ほぼ慢性的な寝不足による目の下のくまとメガネのせいで曖昧になっているが、彩乃をそのまま二十七歳年を取らせたような、そっくりな母娘だった。

「あの、さっき、彩乃さんに僕、最低なことを言ってしまって。一度出た言葉はどうしようもないってわかってるんですけど、どうしても謝りたくて——」

言いながら涙がこみ上げてくる。

僕は美奈子さんが怒ってドアを閉めてしまうのではないかと思っていた——現に美奈子さんの目は怒っていた——のだが、すぐに苦笑いを浮かべた。

「さっきはびっくりしたわ。彩乃が部屋に飛び込んだきりわんわん泣いてるし。あの子、理由を何も教えてくれなかったけど、そういうことなのね」

美奈子さんは僕をリビングへ案内してくれた。小学生の頃ぶりの彩乃の家の匂いだった。しばらくして、美奈子さんが二階から降りてくる。その背後に彩乃が隠れていた。

「…………」

泣きはらした彩乃がうつむいている。

「ごめん！」美奈子さんの前というのも忘れて、思い切り頭を下げた。「僕、さっき最低なことを言った。彩乃のやさしさにつけ上がっていたのは僕のほうでした。ほんとうにごめん。謝っても許してもらえないかもしれないけど……。さっきの唐揚げ、おいしかった」

彩乃が目を丸くした。

「え？　さっきの食べたの？　地面に落ちたでしょ？」

「うん。でも食べた。おいしかった。ごめん。いままであんなふうにおいしく作ってくれてたんだよな」

「ま、まあ……。でも、いいよ。わたしも、『おばさんが悲しむよ』なんてかんたんに言ってはいけなかったと思うし」

僕らのやりとりを聞いていた美奈子さんが小さくため息を漏らす。

「あー。それは彩乃にも落ち度があるかもね」

「え？」と僕が聞き返すと、美奈子さんが彩乃によく似た笑顔で言った。

「だって智也くん、お葬式でほとんど泣いてなかったもんね。泣けなかったんだよね？　自分がしっかりしなきゃって思って」

「…………っ」

美奈子さんの一言が僕の気持ちにひびを入れた。僕の身体ががたがたと震える。初めてわかってもらえた、とそのとき思った。気づいたらテーブルに突っ伏していた。

「智也くんのなかでは、まだお母さんが死んだことを悲しみきれてないんだよ。だから、自分でも気づかないうちに心がへとへとになっている。残される側は、残されるだけでつらいものね」

「――はい」と涙の合間から絞り出すように答える。

「……ごめん。わたし、そこまで考えてなかった」

涙でべとべとになりながら顔を上げると、彩乃がまた泣き出していた。

「ストップ」と彼女に言って、僕は呼吸を整える。「今日のは僕のほうが悪かった。だから、お詫《わ》びに彩乃が好きだったケーキを買ってきたんだ」

自転車を飛ばして買ってきたのはミルフィーユとモンブランだった。

「え？　いいの？　っていうか、覚えててくれたんだ……」

「せめてものお詫びの気持ち。こんなので、ごめん」

「どうしよう」と彩乃が美奈子さんに尋ねる。

「こんなに食べたら太っちゃうね」

「お母さん！」と彩乃がちょっと顔を赤くした。笑いそうになったら、睨まれた。「智也。ちょっと待ってて」

彼女は席を立つとフォークをふたつ持って戻ってきた。ひとつを僕の前に置く。

「うん？」

するとと彩乃が怒ったように言った。「半分こして一緒に食べるの。昔みたいに。そうしたら、今回のことはおしまいにしてあげる」

ちょっとだけ迷った末、僕はフォークを取った。ミルフィーユの甘いカスタードが心にまで沁《し》みる。

「智也くん、こんなことをしてくれる彼女はいないの？」

どういう脈絡か、とんでもないことを美奈子さんが尋ねてきて、僕はぎょっとなった。

「いないです」

「あらあら。智也くんがその気になればすぐにいい彼女が見つかりそうなのに」

「………………」

隣では彩乃が平和にケーキを食べつつ、うんうんと頷《うなず》いている。だったらどうしてこんな食べ方をするのか……。

ケーキを食べ終わると、美奈子さんが提案をしてきた。

「彩乃。これからおかずを持っていくのやめなさい」

「え？」彩乃が硬直する。

「その代わり、智也くん、うちに夕ごはんを食べに来なさい。ひとりぼっちの家のなかで食べるごはん、味気ないでしょ？」

彩乃がちょっと驚いた顔をし、再びこみ上げる涙を隠すために僕はうつむいた。

こうして、僕はもうひとりで夕ごはんを食べなくてよくなったのだ。


スーパーは広い駐車場を持った路面店だ。彩乃はさっさと自転車を止めてバッグを背負い、買い物カゴをカートに載せていた。

「ちょっと待ってくれ」と僕が彩乃を呼び止める。

「智也もこのくらいさくさく動かなきゃ。いまから陸上部に転部する？　わたしが鍛えてあげるよ」

「高二から陸上部に入るなんて暴挙はしない」

「マネージャーなら行けると思うよ。入る？」

「入らない。それにマネージャーだったら身体鍛えられないじゃん」

不毛な会話に、彩乃がまったく別の話題を差し込む。

「お母さんが、智也くんの彼女が見たいってまた言ってたよ」

「はあ……」

「彼女ができたら、わたしには教えてよね」

スーパーの明るい照明と、どこかチープな音楽が妙にほっとさせる。

「卵、卵」と彩乃が何はなくとも卵売り場に急ぐ。「おひとりさま一点。ふたりで買おう」

「そうしよう」

「卵と挽肉が安いとなると……今夜は何作ろうかな」

と彩乃が思案顔になった。

「ゆで卵を挽肉でくるんだハンバーグみたいなやつは？」

「スコッチエッグだっけ。おいしいよね」彩乃が笑顔になる。

主婦らしき人も多いけど、意外とリタイア世代の男性の買い物客が多い。学生はあまり見かけないが、向こうのほうで僕らと同じような紺ブレザーの後ろ姿が見えたような気がした。

「おいしいよね。まあ、作りやすさだったら普通のハンバーグのほうが楽なのかもしれないけど」

一度作ったことがあるけど、卵の周りに挽肉をきちんとつけてまんべんなく焼くのが結構難しかった。

「だったらさ、ハンバーグにしない？　何個も焼いて大皿いっぱいに」

精肉売り場で大きな挽肉のパックを手にしながら、彩乃が提案する。

大皿に山盛りで盛りつけられたハンバーグを想像したら、たまらなくなった。

「めっちゃいいな。あー。すげえ腹減ってきた」

「ハンバーグとかって、一度考え出したらもう他のこと考えられなくなるよね」と彩乃が挽肉をいくつもカゴに入れる。

「今日は僕が彩乃の家に行っても、おばさんの仕事の邪魔にならない？」

彩乃の母の美奈子さんは家でライターの仕事をしていた。昼夜逆転なんてよくある話。大きな仕事の締め切り前になると文字どおりの修羅場となって、半死人みたいな有り様になっていた。

「大丈夫だよ。一昨日《おととい》、大きい締め切りは抜けたらしくて、昨日は一日寝てたし」

「じゃあ、今日は復活してる？」

と僕が尋ねると彩乃が、たぶんと頷き、今日は三人で夕食を食べないかと誘ってきた。父は今日もそんなに早くないはずだから、あとでメッセージを出しておこう。

「あ、そうだ。久しぶりにアレ作ってよ」

「アレって何？」

「ほら、智也がネットで調べて作ってくれた煮込みハンバーグ」

デミグラスソースで煮込んだハンバーグはおいしい。しかも、多少焼きが甘くても煮込むことで火が通るから調理しやすい。それで見た目も豪華だから最高だ。

「いいよ」

「うちの大きなお鍋使っていいからさ、わたしにも煮込みハンバーグの作り方教えて」

「教えても何も、ちゃんと計量して作ればなんとかなるって」

「大ざっぱで悪かったですね〜」

それ以外に安そうなもの、家で足りなくなってきつつあるものがなかったかをうろうろしながら考えていた。デミグラスソースは缶詰を買って、赤ワインなどで風味を調える。デミグラスソースは買わなければいけないが、ワインは彩乃のお母さんが飲んでいるのをもらえばいいだろう。

デミグラスソースの茶色から、なぜか教室での話題が連想された。

「そういえば、また石炭病で死んだ人が出たんだってな」

食後のデザート狙いか、エクレアを手にしていた彩乃が僕を軽く睨む。

「……人が黒いチョコのかかったエクレアを手にしたタイミングで、そういう話するかな?」

「悪い」と大して悪く思っていないけど謝った。チョコレートと石炭はぜんぜん違うだろ、なんて突っ込んだらますます睨まれそうだからやめておく。幼なじみでもわからないポイントはいくつかあるのだ。

「それで、さっきの石炭病の話は、ニュースで?」

「うん。茨城県だったかな?」

彩乃はエクレアを買い物カゴに入れた。三つ。僕らと美奈子さんの三人ぶんだ。

「人が死んで、石炭みたいになっちゃうって、考えてみればとんでもないことよね」

「生物が無機物になっちゃうんだろ？　物理法則も何もないよな」

「――怖いよね」

彩乃が小声で言った。いつもの彩乃の声よりずいぶん低くて、思わず振り返ると、目が合う。彩乃の黒い瞳は、黒曜石のようにつややかに輝いていた。

「怖い、のかな」と僕は彩乃の目から視線をずらす。

「怖くないの？」

「正直、ぴんとこない」と僕が頭を掻《か》くと、彩乃がころころと笑った。

「あはは。智也は想像力が乏しいんだよ」

その笑顔と共に彩乃の匂いが鼻腔《びこう》を満たす。スーパーの館内音楽が妙にはっきり聞こえた。

「うっせ」

僕がそっぽを向いてカートを押そうとすると、彩乃が不意に僕のブレザーの端を摑《つか》む。

「石炭病の話、お母さんの前ではしないでくれるとうれしいかも」

なんで、といつもの調子で言い返そうとして、僕は言葉に詰まった。笑い飛ばすには重めの表情で彩乃が僕を見ていたからだ。

「……何か、あったの？」

するると彼女は、ぱっと表情を明るくした。

「ううん。ふふ。何もないけど、ほら、うちのお母さん、仕事柄そういうおもしろそうな話に飛びついて取材とか行っちゃいそうじゃない？」

「まあ、そうかも」

「ここのところ忙しかったし、あんまり寝てないし、白髪が増えたって嘆いてるし、少しはゆっくりしてもらいたいなって」

「ああ。そういうことね。わかったよ」

おばさんには世話になっているし、ゆっくりするときはゆっくりしてほしいという気持ちはわかる。僕が頷くと、彩乃が心底安心したような顔になった。

「ありがと」

「どういたしまして」

野菜コーナーで僕は大根とにんじん、じゃがいも、ブロッコリーをカゴに入れる。彩乃はもやしと長ねぎとにらを買っていた。

レジで会計を済ませて袋詰め作業に入る。それぞれの家庭のぶんで分けるものもあれば、今回の挽肉のように共有物もあってややこしいのだが、もうなれた。それに、重たいものは僕が持つようにすれば問題はない。

ロールのビニール袋を何枚か取って、肉や卵のパックを入れていたら、彩乃がこんなことを言ってきた。

「美術の時間に光と色の話があったの、覚えてる？」

「覚えてるよ」

色は実在しない、ある一定の波長の光を跳ね返すことで色が見えているだけ、という話だった。

「黒って色はさ、ぜんぶの光を吸収しちゃってるんだよね」

「そっか。そうだな」

「でも、それってさ、本当にぜんぶの光を吸収しちゃってるのかな？」

空になったカゴをレジ横に戻しながら、僕は彩乃に逆に質問する。

「黒に吸収されていない光ってあるの？」

「わかんないけど」と彩乃がカートに買い物袋を載せた。「紫外線とか赤外線とか、普通の人間には見えない光？」

「可視領域ではない波長の光、だっけ？」

なんかそういうの、と彩乃もいい加減に相づちを打つ。

「でもって、赤外線とか紫外線とか、普通の人に見えない光が見える存在から見たら、黒って本当に黒なのかな？」

僕はカートを押した。カート置き場までこうやって荷物を運び、そこから自転車へ持っていけば楽に運べるからだ。

「どうなんだろう。僕はそういう目を持ってないし」

カート置き場でカートを返し、買い物袋を持って外へ出た。ちょっと重いが、おいしい煮込みハンバーグのためだ。

自転車のカゴに荷物を入れると、彩乃がこう言った。

「石炭病だけどさ。——本当に石炭になってるのかな」

「え？」

不意に話題が石炭病に戻ってきて、僕は単純に驚きの声を上げた。

「だから、普通の人の目にはそう見えるのだろうけど、本当に石炭になっているのかな」

えっ、と僕はもう一度驚いて彩乃に首を傾げる。

「それって、石炭じゃなくて人間のまま、なんていうか、人の形をなくしてしまっているってこと？」

控えめに言ってグロい。あまり想像したくなかった。

「え？　いや、そうじゃなくて」と彩乃が否定する。「石炭ではない、本当は別の色の石になっていたりはしないのかなって」

僕は彩乃の言っていることの意味が理解できるまで、しばらくぼんやりと彩乃の顔を見つめる。小学校の頃からよく知っている幼なじみの女の子。その頃の懐かしさとあどけなさをそのまま持ちながら、年相応にきれいになってきている彩乃の顔を、こんなにまじまじ見つめたのは久しぶりだった。

ふと我に返って、僕は彩乃から視線を外す。

「普通の人の目には石炭に見えているのに、どうやって確かめたらいいのさ」

「ひとりひとり、石になった様子が少しずつ違うらしいじゃない？」

「いろいろ調べている最中だから、ひょっとしたら今後そういうことがわかるかもしれないけど。科学的な調査ってやつ？」

音を立てて自転車の鍵が外れた。僕が自転車にまたがると、彩乃の声が小さく聞こえた。

「きっと、何もわからないと思うけどね」

僕が振り返ると、彩乃が自転車にまたがって漕《こ》ぎ出している。

日はだいぶ西に傾き、東のほうには雲が出てきていた。

スーパーを出た僕らは、三十分後にと約束してそれぞれの家に荷物を置きに帰った。荷物を置くだけではなく、お互いに自分の家でシャワーを浴びる時間も入っているからだ。

「ただいま……」とわざと言ってみる。

どうせ誰もいないのはわかっているのに。

夕方になって薄暗い時間に、灯《あか》りがついていない家というのは寒々しい。薄暗い部屋の中は、見知った調度品であっても彩度の低い色が支配していた。光がないと色は実在しない。空気まで冷たく感じた。

リビングの奥の部屋に、母の遺影と遺骨がある。

家のなかでその部分だけが、取ってつけたような不自然さがあった。なれるものではない。僕はその遺影の、笑っているくせにモノクロの、現実には見たことがない母親の笑顔に軽く頭を下げた。別段、なんの感情もこもっていない。感情を込めて何かを遺影に向けてできるほどには、まだどうしてもなっていないからだ。

納骨は五月末の予定だった。

買い物を片づけ、二階に上がって部屋にバッグを置く。ベランダにある僕と父の洗濯物を手早く取ると、自分の着替えだけを抜いた。

汚れ物を洗濯カゴに入れて、シャワーを浴びる。

シャワーが浴室のフロアを叩《たた》く音が響いた。汗や汚れが落ちると共に、心のなかもすっきりしていくようだ。

さっぱりしてTシャツとデニムに着替え、そのうえからシャツを羽織り、時間が経《た》つのを待つ。約束の時間になって、僕が持っていくぶんの食材を持って家を出た。

インターホンを鳴らすと、彩乃の声がして玄関を開けてくれる。

「よ」と彩乃がいつもの挨拶と笑顔で出迎えてくれた。

彩乃もシャワー上がりらしく、Tシャツに薄い長袖パーカ、ハーフパンツ、首にはタオルという極めてラフな格好だ。シャワーで上気した頬と脚の白さがまぶしい。シャンプーの甘くて深い香りと、ドライヤーで髪を乾かしたときの独特の温かい匂いがした。髪は後ろで縛っている。その髪が揺れるたびにいい匂いが振りまかれた。僕は肌に合わないので男性用シャンプーではなく女性用のシャンプーを使っているけれど、こんなにいい匂いはしない。

彩乃は無防備に僕を家に入れた。

正直、いくら幼なじみといっても高校二年生ともなれば、もう少し、なんというか僕を異性と考えて、警戒心を持ってほしいと思わなくもない。入学当初の距離感はなんだったのだろうと思う。幼なじみとしての気安さか、母親が家にいる安心感か、彩乃は無防備だった。いまさら男には見られていないようなのが若干悲しい。

「おばさんは？」

「いま二階で仕事してる」

「大変だね」

温かな家庭の空気を吸い込みながら、僕は彩乃の家に上がる。玄関もリビングも暖色系の電灯がついていた。温かい。それに何より、生きて僕を出迎えてくれる人がいるのだ。こんな幸せなことはないと思った。もう少し警戒感を持ってほしいなんて言ったら罰が当たる。

階段の前で、彩乃が二階に向けて大きな声を出した。

「智也、来たよー」

ややあって、「智也くん、いつもありがとうねー」と、上から声が降ってきた。美奈子さんだ。

「あ、こちらこそ。台所、お借りしまーす」

どうぞどうぞ、と美奈子さんの声だけが返ってくる。

明るい雰囲気のリビングダイニングだった。テーブルや棚に写真立てがあって、彩乃と美奈子さんの写真が飾られている。

中学生の彩乃の写真は陸上の大会でメダルをもらったときの写真ばかりになっていく。種目はもちろん障害走だ。頬を紅潮させて、笑顔で金メダルや銀メダルを手にしている彩乃は、とてもかっこよかった。

彩乃がいまの高校を進路に選んだのは陸上の強豪校であり、しかも家から近く、おまけに大学進学にも実績があるからだと言っていた。僕が進学するから、という理由ではない。

高校に入った彩乃は、当然の如《ごと》く陸上部で活躍していた。

昨年の夏の大会で転倒して怪我《けが》をしたが、それも努力で克服し、次の秋の大会で入賞、冬の大会では銀メダルを取っている。今度は高校二年になって、ますます速くなった彩乃が、金メダルを手にする写真が並ぶことだろう。

台所にお邪魔する。どこに何があるか、だいたいわかっているのだが、煮込みハンバーグを二家庭ぶん作るための大きな鍋がすでにコンロの上に乗っていた。

「鍋、サンキュー」と僕が言うと彩乃が無邪気に笑った。

「へへ。どういたしまして」

見れば炊飯器の準備はもうできていた。

早速、料理のために手を洗いながら、僕はあることを確認する。

「彩乃さ、部活やって帰ってきて、宿題まだじゃないの？」

「まだだね」

「僕ひとりでとりあえず始めているから、彩乃は宿題やりなよ」

すると彩乃が目をきらきらさせた。

「本当に？　すごくうれしいけど——いいの？」

「いいよ。僕は時間があったんだから。あ、ごめん。僕のスマホでレシピ出して」

彩乃が僕のスマホのアプリから煮込みハンバーグのレシピを出す。こんなふうに料理をすることが多いので、僕は自分のスマホの暗証番号を彩乃に教えてしまっていた。別にやましいものがスマホにあるわけでもないので、困らない。

「ほい、レシピ」

「ありがとう」と、僕は玉ねぎを物色し始める。

「じゃあ、宿題、ソッコーで終わらせるね」

「どうぞ」

彩乃がばたばたと家のなかを走って宿題を取りに行った。そのあいだに僕は玉ねぎの皮をむき、みじん切りにする。目が痛い。

涙ぐみながら玉ねぎを切っていると、戻ってきた彩乃がリビングに宿題を置いて、

「ネットで見かけたんだけど、玉ねぎ切るとき割り箸を口にくわえるといいんだって」

「そうなの？」

「割り箸を口にくわえていると、よだれが出るでしょ？　そうすると涙のぶんの水分もそっちで消耗するからなのか、玉ねぎで涙が出なくなるんだって」

ほう、と僕が感心した声を上げると、彩乃が立ち上がって台所の引き出しから割り箸を取り出した。はい、と渡してくれたが、僕は丁重に断った。女の子の前でよだれを垂らしながら玉ねぎを切るよりは、涙を流しているほうがまだ格好がつく。

「気にせず使っていいんだよ」

「ありがとう。でも切りにくくなりそうだからいいや。彩乃こそ宿題やっちゃえ。数学が

ちょっと面倒くさかったぞ」

「マジ？」

玉ねぎをみじん切りにしたら、時短のためにレンジで温めた。

ボウルに合挽肉、卵、先ほどの玉ねぎにパン粉、調味料を入れてよくかき混ぜる。

挽肉を混ぜる湿った音に、彩乃がシャーペンを走らせる音がかすかに重なった。ちらりとテーブルを見れば、彩乃が真剣に宿題をしている。ごく普通の家庭にあるごく普通の幸せが感じられて、僕は理由もなくうれしかった。

ハンバーグの種を作り終えたら、冷蔵庫で少し休ませる。その間に僕は煮込みのソースに取りかかった。デミグラスはゼロから作ると大変だけど、缶詰を買ってある。お高いからしょっちゅうは作れないけど、たまにということで。

「彩乃？　おばさんの赤ワイン、少し分けてもらえる？」

「冷蔵庫にあるから使っちゃって。――この数学の問題、本当に難しいんだけど」

「じゃあ、赤ワインもらうね。――あと十分考えてわかんなかったら教えてあげる」

「ほんと⁉」

鍋にデミグラス缶と赤ワイン以外の調味料、しめじを用意して、ちょっと休憩。彩乃に断って、これも場所を知っているココアを淹《い》れた。僕と彩乃のふたりぶんだ。

「はい、ココア」

「ありがとー」と言って彩乃が崩れた。「数学、ギブアップ……」

十分経っていたので僕は約束どおり、彩乃に数学の宿題を教える。

「少し見方を変えて。ここでプラスの場合だけじゃなくて、マイナスの場合でも成り立つっていうのがポイント」

「おお！」と彩乃が快哉《かいさい》を叫んだ。「解けた！　しかもすごくあっさり」

「お疲れさま」と僕はココアを啜《すす》る。甘くて温かい。

「智也は頭いいねぇ」

「別に、普通だよ。僕なんかより、彩乃のほうがいつもすごいと思う」

「わたし？」

と彩乃が目を丸くしている。

「陸上、がんばってるじゃん。メダルもそうだけど、ハードル跳ぶとき、小学校の頃から変わらず、すごくきれいだなって」

「き、きれいとかって……そうかな？」

と彩乃の顔が赤くなっていた。僕も頬が熱い。

「あー、いまのは変な意味じゃないから」

「わかってるよ」

たぶん、彩乃はわかっていない。

陸上で走っているときの彩乃は、本当にきれいなのだ。

「だいたい僕は体育苦手だから」

「そうかな。剣道部でがんばってるじゃない。小学校の頃と比べたら、足だってずいぶん速くなったし」

「短距離ならできるかもしれないけど、彩乃みたいにはできないよ」

「いつでも入部歓迎だよ。しごいてあげる」

「断る」

本日二度目の勧誘を拒絶すると、彩乃がころころと笑った。

「ははは。あとは英単語だけだから、お料理手伝うよ」

彩乃が立ち上がったときだった。

「ごはんって何時くらいになりそう？」と二階から降りてきた美奈子さんがよろよろしながら聞いてきた。娘と同じく色白の肌だったが、これは取材以外であまり外へ出ないせいでもある。身長と肩幅は娘に抜かれていた。髪型とメガネ以外の顔立ちは相変わらず彩乃とよく似ている。

僕が立ち上がって軽く会釈すると、彩乃が美奈子さんに答えた。

「あと三十分くらいかな」

「ずっと文章を書いていたから、お腹《なか》すいた……。今夜は何？」

「煮込みハンバーグです」と僕が答えると、美奈子さんの目に生気が甦《よみがえ》った。

「ひょっとして、前に智也くんが作ってくれたアレ?」

「そう、アレ」と彩乃。

「アレ、すっごいおいしかったの! おばさん、超楽しみ!」

「あんまり期待されると、プレッシャーですけど……」

おいしくごはんをいただくために、と美奈子さんはシャワーを浴びに行ってしまった。

僕と彩乃は顔を見合わせる。

「なんか、うちのお母さん、いつもああでごめんね」

「いや、別に」と僕は残っていたココアを飲み干した。「それじゃあハンバーグ、焼き始めようか」

彩乃が教科書などをまとめて立ち上がった。


それから三十分後、なんとか予告時間ぎりぎりで料理が出来上がった。

煮込みハンバーグ、ツナサラダ、ごはんに味噌汁《みそしる》。ほかほかとおいしそうな湯気が立っていた。

「うわー、智也くん、ありがとう!」と美奈子さんが、僕に抱きつきそうな勢いでお礼を言っている。

「お母さん、座って」と彩乃が顔を赤くしていた。

「はいはい」

三人でテーブルに座り、いただきますをして食べ始める。

味噌汁は彩乃が作った。わかめと豆腐だけだが、出汁《だし》をしっかりきかせたから味が深い。

白いごはんは炊きたてだけど甘みと粘り気がしっかりしていた。僕が好きな、少し固めの炊き上がりだ。

さて、煮込みハンバーグだが、デミグラスソースでがっつりとハンバーグ全体を包み込み、旨《うま》みを交換し合い、溶け合っている。ナイフとフォークでもいいが、今日は箸にした。箸のほうがかんたんにハンバーグを切れて、ソースに絡められるからだ。

「おいしいっ」と美奈子さんが歓声を上げた。

彩乃を見れば、笑み崩れた表情のまま、おいしそうにハンバーグを噛《か》みしめている。

「よかったです」

肉汁とデミグラスソースがひとつになって口いっぱいに広がっている。特別な材料は使っていないけど、我ながら丁寧に作った。彩乃と美奈子さんが食べるからだ。その甲斐《かい》はあったと思う。できたての温かさ自体も、ごちそうになっていた。

彩乃が口のものを飲み込み、さらにハンバーグを一口入れる。

「おいしいよねぇ……」と彩乃がしみじみと噛みしめるように食べていた。

「智也くん、男の子にしておくのもったいないわぁ。おばさんのお嫁さんにならない？」

「いやいやいやいや」

なにゆえにそこで美奈子さんのお嫁さんになるのか。しかも、なぜ婿ではないのか。年齢なども勘案すれば美奈子さんではなく、彩乃とのペアになるべきなのだが、そんなことは口が裂けても言えない。そう思っているときに限って、彩乃は悪乗りする。

「あ、智也がお嫁さんならわたしがほしい。婿はいらないけど」

「あつっ。変なこと言うなよ」

味噌汁で舌を火傷《やけど》した。彩乃はまた、ころころと笑っている。

がまんできない、と言って美奈子さんが冷蔵庫から缶ビールを取り出した。プルタブを引くと、炭酸のいい音がする。美奈子さんは喉を鳴らしてビールをあおった。

「あー、やっぱり合うわぁ」

彩乃が呆《あき》れている。

「お母さん、ビールなんて飲んで仕事は大丈夫なの？」

「今夜はもうこのあと書かなくていいから平気平気。久しぶりの一杯、最っ高」

「あんまり酔わないでよ」

と彩乃が釘《くぎ》を刺すと、美奈子さんは僕に「大丈夫よ。ねえ？」と同意を求めてきた。僕が苦笑して、返事に窮していると、美奈子さんは、

「わたしのことはいいとして、最近、学校はどうなの？」

と、娘に質問している。彩乃の顔を見ると、ちょうど目が合った。

「うーん。まあ、ぼちぼちだよ」

「ぼちぼち」

「勉強は、まあ……智也、何笑ってるの？」

「いいえ。何も」と答えて、僕は夕食に専念するふりをする。

彩乃が僕に何か言いたそうな顔をして、視線を外した。

「勉強はいいんだけど――部活でタイムが伸び悩んでて」

「あら」と美奈子さんが意外そうな顔をした。

「そうなの？」と僕も思わず口を挟む。「教室から見てたら、いつもどおりに走っているみたいだったけど」

「おっと。智也くん、うちの彩乃を観察しているんだ」

と美奈子さんが冷やかした。さっきのは失言だっただろうか。

「いや、なんて言うか、教室で宿題をやっていて、たまたま顔を上げたら目に入ったというか……」

言葉の最後のほうが口の中で消えた。すると、彩乃が少し意地悪な笑みを見せる。

「その教室には、智也以外にうちのクラスでいちばんかわいい咲希がいたの」

まるで吉村咲希とふたりきりだったようなニュアンスで彩乃が説明していた。

「鈴木とか他にも何人かいたよ？」

幼なじみの女の子とその母親の前でこんな話をされるのは、いかがなものか。

「咲希がいたのは事実でしょ？　鈴木くんたちのことは言わなかっただけで嘘をついたわけではないし」と彩乃が論難する。

「まあ、智也くん、高校生になってかっこよくなったもんねぇ。そっかぁ。智也くんも女の子のことを考えるようになったか」

と、美奈子さんがハンバーグとごはんを頬張った。

こういうとき、僕はなんとも言えない気持ちになる。

彩乃も美奈子さんも変わってないだろうか。あまり詳しくはないけど、マンガや小説ならこういうとき、「うちの娘はどう？」とか「うちの娘と結婚してくれたらなぁ」みたいな、むずがゆそうなやりとりがあると思う。

けれども、それがない。

それも今回が初めてではない。過去に何度も似たようなやりとりがある。

まるで、僕に彩乃以外の彼女をさっさと作ってほしいように。

僕が彩乃に告白してダメになったとか、その反対みたいな具体的な出来事があったらば話は別だ。だが、そんな事実はない。友達以上恋人未満というか、友達以上家族未満状態で推移している。僕としては、彩乃とそういう展開になったら——ありかな、と思っているのに。むしろ、こんなに距離が近いのに、他の女子を彼女として薦めてくる。僕の知らないところで、ものすごい失点をしているのだろうか。

「あの、吉村咲希という女子、僕的にはなしだと思っていますので……」と、小声で訂正しておく。「僕の話はいいから。それよりも、陸上のタイム、伸び悩んでるの？」

　彩乃は小さく頷き、まず口のなかのものを飲み込む。

「そんなに深刻なほどじゃないけど、ちょっとね」

「去年の怪我のせい？」と美奈子さんが眉を寄せた。

「そうじゃない、と思うんだけどね。高校二年生になってから少しずつなんだかうまくいってなくて」

「そっか」と僕はため息をつく。ため息をついたものの、剣道部の僕に有益なアドバイスが思い浮かぶわけでもない。

　できることといったら、がんばれとか、だいじょうぶだとか、おまえならできるといった根性論しかない。

　だが、その根性論についても、僕は小さいときから彩乃を見てきて、自分より根性のある奴だと思っていたから、僕がそんなアドバイスをするのはどこをどうひねっても蛇足な気がしてならなかった。

ちなみに陸上の顧問は何人かいるが、うちのクラス担任である現国の斉藤《さいとう》先生もそのうちのひとりだ。陸上女子の担当で、彩乃の指導もしている。

美奈子さんのほうがあっさりしていた。

「大丈夫よ。記録なんて、頭打ちになってからしばらくして、ぽんって抜けるもんでしょ」

「中学からいままではそうだったけど」

「大丈夫。変に頭で考えようとするとぐちゃぐちゃになっちゃうでしょ？　彩乃自身はどうなの？　もう限界かなって思うの？」

「よくわかんない」と彩乃が肩を落とす。「でも、絶対に障害走でがんばりたいって思ってる」

彩乃の声はすごく力強かった。こういうことを胸を張って言い切れるのだから、やっぱりこいつはまぶしいな、と思う。

「じゃあ、がんばりなさい。お母さん、応援してるから」

と美奈子さんが娘にやさしく微笑みかけた。

僕は美奈子さんの言葉にただ頷くしかできない。彩乃は、うーんと唸《うな》ったあと、

「うん。がんばる」

と、両手を拳に握ってガッツポーズをする。

彩乃が手を伸ばして冷たい麦茶を取ろうとした。テーブルの料理で汚さないように彼女がパーカの袖を上げたときに、それが露《あら》わになった。

彼女の左腕の内側に、幾筋かの傷跡がはっきり見えたのだ。

傷跡はかさぶたになっているが、赤い。まだ新しいように見えた。

「彩乃、その腕――」

彩乃がはっとなってパーカを元に戻す。彼女の腕の白いところに赤く走る傷跡は、僕にリストカットという単語を想像させた。

それは母を自殺で亡くしたがゆえの過敏な反応だったかもしれない。

だけれども、僕の身近で大切な人が自殺してしまうなんて、もう絶対に嫌だ。

「やだ。変なとこ見ないで」

「いやいやいやいや。ごまかすのはダメだろ。見せてよ」

彩乃がこわごわとした表情でパーカの袖を上げる。手首より少し下の辺りに短い線のような傷跡がいくつもある。

「はは。ちょっと転んじゃってさ」

「転んでできるような傷じゃないだろ。ね、おばさん」

肝心の美奈子さんはビール缶を舐《な》めてから、自分の娘の腕を摑んだ。

「この子、不器用だから。変なところに傷を作るのよ」

「これって、その……手首を——」

と僕は言い淀《よど》んだが、美奈子さんはさらっと言った。

「これ、リストカットとかじゃないよ？」

「本当ですか？」驚きと疑いが半々だった。

「だってほら、こんなところに太い血管は走っていないでしょ？」

僕は彩乃の腕をまじまじと見つめて彼女の傷の位置を確かめると、自分の手首でその辺りを触ってみた。詳しいことはわからないが、とりあえず脈とかはない。

「ほんとに、そういう傷じゃないんだよな？」

「うん」

「ひどい言いがかりに聞こえるかもしれないけど、陸上で伸び悩んでとか——」

僕にみなまで言わせず、彩乃がいつものやさしい表情と明るい声で笑い飛ばした。

「あはは。ないない。わたし、陸上は好きだけど、それで思い詰めて手首を切るようなことはしないよ」

「そう、だよな……」

「本末転倒だよ、そんなの」

僕は心底ほっとして、身体中の力が抜けた。

「——すっげー心配した」

「ごめんね」と彩乃が両手を合わせる。

音楽でもかけようか、と美奈子さんが言った。上質なポップソングがリビングに小さくかかる。

このときの僕はまだいろいろなことを知らないでいた。自分が思っているよりも、遥《はる》かにわずかなことしか知らなかったのだ。


六月になって衣替えがあった。ブレザーにネクタイという富士本高校の制服は好きだけど、すでに蒸し暑い。十二月生まれ——二十一日という微妙な日にちなので、だいたいクリスマスと一緒にお祝いされる——のせいか、僕は暑さに強くなかった。

ちなみに彩乃は一月生まれ。やはり寒いときに生まれているのだが、夏の暑さにもかなり強い。生まれ月は関係ないのかもしれない……。

半袖か長袖のワイシャツに緩くネクタイ。ズボンも夏用に替わって少しだけ涼しい。女子もブレザーなしになって、シャツにリボン。ベストの着用は任意のようで、着用率はクラスの半分程度だった。

彩乃はベストを着ていない。けれども、ときどき寒いからと言ってシャツは長袖を身につけていた。例の手首の近くの傷が、どういうわけか治った頃になるとまた新しくできるからだった。「いやー、わたし、よく転ぶから」と彩乃は笑っていたが……。本当にリストカットではないのだな、と何度も念押ししているし、僕の目から見て彼女に変わったところはない。美奈子さんも大丈夫だと保証してくれている。

だから、この話はここまでなのだろうが——どうにも引っかかっていた。

僕たちは教室では相変わらず他人行儀だ。

だからこそ、思わず彩乃を目で追ってしまう。

彼女の白いシャツが初夏の日差しを跳ね返して清らかに輝く。スカートから伸びる脚はしなやかですらりとしている。歩くたびに、ぬばたまの黒髪が絹のような光沢で揺れたけれど、たまに後ろで縛ったりお団子にしたりすることもあった。うなじが暑いのだそうだ。

友達としゃべっているときのリラックスした笑顔。苦手な数学の応用問題で絶句している表情。美術で絵を描いているときの真剣な眼差《まなざ》し。それらに、僕はどうしても視線が吸い寄せられてしまう。

もうすぐ東京は梅雨《つゆ》に入ろうとしている。

格技棟内から出ない剣道部にとってはあまり関係のないように見えるが、湿気のおかげで防具にカビが生えそうになるので危険な季節だった。

六月になると、大きな大会がある部を除いて、三年生は部活を引退するのが富士本高校の通常の流れだった。

剣道部も三年生が出てこなくなり、二年生が部長と副部長に就任する。

ちなみに部長は鈴木になった。陸上部は六月にある都の総体までは三年生が出てくるらしい。そのあとインターハイまで行けばさらに引退は延び、長距離の優秀選手になると冬まで走り続けるらしい。受験はどうするのだろうと彩乃に聞いたら、「そこまでの選手なら陸上で大学の推薦もらえるんじゃないかな」と曖昧に答えてくれた。受験はまだ遠い先の出来事のように思えていた。

その日、空は学校に着いた頃からどんより曇っていた。雨粒は落ちてきていない。朝、天気予報では雨となっていなかったので、洗濯物を外に干してきてしまっているのだ。ところが、学校に着いてスマホのリアルタイム天気予報を見てみれば、十五時から雨と変わっている。リアルタイム予想と言えば聞こえがいいが、そうころころ変わられてはたまらない。どうすることもできないが、何度か空模様を睨んでいた。

部活の休憩時間、格技棟の廊下の冷水機で水を飲んだあと、また天気がふと気になった。格技棟の外へ出ると紫陽花《あじさい》が花を咲かせ始めているのが見えた。

じめっとしていて、暑くも寒くもない空気が支配している。空気に雨の匂いが混じっている。肝心の雨はまだ降っていないようだ。

「どうしたんだよ、佐久間」

と鈴木が背後から忍び寄り、肩を組む。藍染めの道着とややカビ臭い防具の匂いがさらに僕の周りに立ちこめた。

「いや。雨が降ったら洗濯物がピンチだなと思って」

「——おまえは主婦してるんだもんな。立派だよ」

鈴木が大仰に褒めてくれた。「そんなんじゃないよ」と笑う。部長になった鈴木のほうがよほど立派だと思っている。

鈴木の腕を振りほどきながら、校庭の他の部活を一瞥《いちべつ》する。

そこに違和感を覚えた。

もう一度目を向けて、違和感の正体がわかった。

走り込みをしている陸上部のメンバーのなかに、彩乃がいないのだ。

紫陽花をよく見る振りをしながら、彼女がどこにいるのだろうと探すと、校庭の隅、体育倉庫の陰になるような場所に彩乃がいた。そばにジャージ姿の女性がいる。顧問の斉藤先生だ。

「吹奏楽部も元気だな」と鈴木。音楽室は南校舎を隔てた北校舎にあるのだが、ここまでがんがんに楽器の音が聞こえる。

「そうだね」と返事をしたが、僕はそれどころではなかった。

彩乃——？

最初、陸上部のジャージを着ていたから、それこそ怪我でもしたのかと心配したけど、そうではなかった。

彩乃は斉藤先生とふたりで体育倉庫のそばに立っている。小さなサークルが書かれている場所だ。彩乃は小さな黒い鉄球を持たされている。砲丸みたいだ。

「どうして……？」

真っ先に思い浮かんだのは、しばらく前に彩乃が言っていた障害走のタイムの伸び悩みだ。この学校の陸上は強い。強いということは少しでも劣っている者はどんどん弾《はじ》き出されていくことを意味した。しかし、一年生の頃の彩乃は、家にもあったとおり大会でメダルを取れる実力者だ。それを急に別の種目、それもスプリント系とは無縁な——少なくとも素人《しろうと》の僕にはそう見える——砲丸投げ？　まったく意味がわからなかった。

次いで思い浮かんだのは、彩乃の身長だ。彩乃は背が高かった。たぶん一六五はあると思う。僕がかろうじて一七〇だからなんとか勝っているけど、小学校の頃がそうだったように、いまでも女子のなかでは背は高いほうだった。そのうえ、肩幅もある。小さい頃にスイミングに行っていたからだ。

でも、彩乃が本当にしたいのはそれではないだろ？

障害走でインターハイ金メダルを目指しているのだろ？

タイムが伸び悩んだ女子に、故障したわけでもないのに少し身体が大きいからと、砲丸投げへの鞍替《くらが》えを指導しているのだろうか。

これも素人考えだけど、砲丸投げのほうが障害走より選手人口は少なそうに見える。けれども、いまから急に始めてそれで強くなれるのだろうか。

何よりも、彩乃の気持ちはどうなのか。

僕はなぜかはらはらした気持ちで遠くにいる彩乃を見つめていた。

「休憩時間、もうすぐ終わりだぞ」と鈴木が僕の背を押し、「わかったわかった」と答えたときだった。

遠くで何かを無理やり転がしたような、ごろごろという音がした。

「——雷だ」と鈴木が言うのが早いか、校庭に大粒の黒い点ができ始める。

どこかの部活の男子が、雨だと野太い声で叫んだ。

そのあいだにも大粒の雨がつぎつぎと空から地面に落ちてくる。

ソフトボール部の女子が騒ぎながら撤収を始めた。他の部活も一目散に片づけを始める頃には、稲光が三度し、激しい雨が校庭を叩いている。

陸上部も一斉に後片づけをして部室へ退散していくのが見えた。彩乃も少し遅れて部室に急ぐ。砲丸の後片づけは斉藤先生がやってくれるらしい。

顧問の斉藤先生が両手に鉄球を持って、雨のなか、前屈《まえかが》み気味になりながら体育倉庫に片づけに入っていった。

また雷が鳴る。風も出てきて、雨が吹き込んでくるので、僕は鈴木と一緒に格技棟に戻った。洗濯物のことはすっかり頭から消えていた。


瞬く間に、空の底を抜いたような土砂降りになった。

格技棟にも雷鳴は聞こえて、女子がときどき悲鳴を上げた。短い停電が何度かあって、剣道場の照明が消えたときには、僕ら男子もどよめいた。

部活が終わっても激しい雨は続いている。

下駄箱は、いきなりの雷雨で帰るに帰れなくなった運動部の生徒たちでまだ混み合っている。いつもより早く帰れる、というよりは、いつもよりエネルギーが余ってしまったという感じだった。

ざわざわ声が、雷の鳴るたびに大きくなったり小さくなったりしていた。バスを利用していて置き傘のある生徒はがんばって帰宅しようとするが、すぐに傘がダメになってずぶ濡《ぬ》れになっている。夕立だから収まるまで待とう、教室か部室に戻ろうか——そんな声があちこちからしていた。クラスにひとりくらいの割合で、この土砂降りの中を傘もレインコートもなしに濡れて帰る猛者《もさ》がいて、歓声とも笑い声ともつかない声援に見送られていた。

僕は辺りを見回したが、彩乃の姿が見えない。部室にいるのだろうか。スマホを取り出して彩乃にメッセージを送った。

《ひどい雨だね。いま部室？》

目の前が白くなるような光がほとばしり、一瞬の間を置いて大きな落雷の音がする。女子の悲鳴が上がった。陸上部の斉藤先生がやってきて、「危ないから教室に入ってなさい」と大声を出している。

下駄箱にいた生徒たちが徐々に散っていった。

僕のスマホが振動する。彩乃の返信だ。

《いま部室出た。教室に置きレインコートを取りに行く》

僕もそうする、と返信して、僕は下駄箱を離れた。階段を上がり、教室のある南校舎三階に上がる。途中、また二回雷が鳴った。

教室には吉村や鈴木の他、何人かのクラスメイトがいたが、彩乃はいない。

すると、背後から指でつつかれる感触がした。

振り向くと、「よ」と彩乃が微笑んでいる。いつもの挨拶だ。髪が少し濡れていて、前髪をしきりに気にしていた。

「すごい雨だね」

「そだね」

彩乃は廊下にあるロッカーから古文の辞書を取り出してバッグに入れた。

「いま帰ると辞書も教科書も濡れるよな」

「梅雨入り前の夕立だろうから、もうすぐやむと思うんだけどね」と彩乃がバッグを肩にかける。夏服のシャツが、彩乃の腕に少し張りついていた。

また白い稲光がした。

けれども、先ほどまでよりも音が遅くなっている。

「雷、遠くになったのかな」

と僕が言うと、彩乃が北校舎への渡り廊下のほうへ歩いていった。

リノリウムの廊下が、いまは空よりも明るい。

「少し明るくなってきた気がする」

そう言って彩乃は渡り廊下の窓から外を見上げる。その目は曇天の向こうの太陽を探しているようだった。僕は周りに人がいないことを確認しながら彩乃に少し近づく。

「あのさ、彩乃。いまいいかな」

「うん?」と彩乃が僕の顔を見た。

やっぱり彩乃はきれいだ、と思った。黒曜石のようにつややかにきらめく瞳、繊細だけどしっかりとした肉体の質感を感じさせる顔と身体がいかにも彼女らしく整っている。その、生きている実感と重みのようなものが、彩乃の身体全体に宿り、発散されている。

僕は何度か言い淀み、とうとうこう言った。

「さっきさ。雨が降る前に格技棟の入り口から見えたんだけど」

「…………」

僕を見つめる彩乃の顔が強張《こわば》る。音だけの雷がした。

「砲丸投げ、やるの？」

「……軽く練習？」

「それって、前に言っていたタイムの伸び悩みと関係あったり、する？」

「…………」

彩乃が切なそうな顔をする。その表情に、僕の胸が痛んだ。

そのとき、僕ははっきりと自覚した。

僕は彩乃のことが、どうしようもなく好きなのだ、と。

本当はもっと前から好きだった。なんとなく目を伏せてきた。

けれども、いまのこの彼女の切ない表情が、僕の心の深いところを貫いたのだ。

幼なじみとかご近所さんとかそういう意味ではなく、ひとりの女の子として――悲しい顔をさせたくない、笑顔でいてほしい人として――好きなのだと、心の底から思った。

「僕の勝手な想像だから、間違っていたらごめんなんだけどさ――彩乃は障害走やりたいんだよね？」

「……タイムが伸びないと、他の子に譲らないといけないでしょ」

「だからって、いきなり砲丸投げっておかしくない？」

　すると彩乃が苦笑いする。

「だってほら、わたし、ガタイがいいから」

「ガタイがいいって……そんなこと、自分で言うなよ」

　僕が一歩前に出ると彩乃が、怯《ひる》むような顔になった。

「智也……？」

「ガタイがいいっていうのは、野球部の連中みたいなのを言うの。彩乃は背が高いけど、それはモデルみたいにスタイルがいいだけで、ガタイがいいのとは違うよ」

　僕はぶっきらぼうな口調で言ったのだけど、なぜか彩乃の頬が赤くなっている。

「ちょ、ちょっと」

「顧問だから遠慮して彩乃が斉藤先生に直接言いにくいなら、僕が言ってやるよ。彩乃を障害走に戻せって」

　彩乃が目を丸くして少し離れる。

「タイム、タイム。ちょっと待ってよ」

「なんだよ」と僕はまた一歩近づいた。

「だって。どうして智也がそんなにわたしのことでキレてるの？」

思わず顔が熱くなる。

「キレてたかな」

「キレてるよ」

「それは――」幼なじみだからだ、と言おうとして、こう言っていた。「彩乃のことが、好きだから」

今度こそ彩乃は言葉を失ってしまった。

ややあって彩乃が真っ青になって声を絞り出す。

「な、何それ。悪い冗談。からかわないでよ」

僕は喉が詰まる感覚を覚える。息苦しい。胃の辺りが重く、しんどかった。

「……からかってなんて、いないよ」

やっぱり冗談だった、と引き返す最後のチャンスを、僕は見送った。

彩乃は青い顔で、まるで何かに恐怖しているような表情だ。

とんでもないことを言ってしまったと、僕は思った。

もしかしたら、彩乃には僕の他に好きな男がいて、だから好きでもない僕から急にこんな言葉を聞いて、怖がらせてしまったのではないか。

僕は自分の手で、いままでの幼なじみの関係を壊してしまったのではないか……。

僕と彩乃はそれ以上互いに何も言えず、うつむいていた。

そのときだ。南校舎のほうから渡り廊下のこちらへ歩いてくる生徒たちがいた。男女混合だが、たぶん三年生だ。それも陸上部。練習風景を何度か見ているからわかる。

真ん中にいた、すっきりとした体育会系といった感じの男子が、彩乃を見つけると軽く手を上げた。

「春原、こんなところでどうしたの？」

彩乃がぱっと笑顔になる。

「あ。植村《うえむら》部長。お疲れさまです。雨がそろそろやまないかなーって」

陸上部の部長の植村先輩だったかと思い出す。彩乃に部活の写真を見せてもらったときに聞いたことがあった。

「ふーん」と植村先輩は僕のほうを見た。「いま、話の途中だった?」

「いいえ。大丈夫です」と彩乃。

「そっか。都総体のことで、みんなで少し話し合いたいんだけど、いい？」

「はい」と答えて彩乃は先輩たちに合流した。

「いいの?」と三年生女子が声をかけたが、彩乃はもう一度、「はい」と返事をして、僕に小さく手を振った。

「じゃあ」

かかっていた。

「じゃあ」と僕も答え、下駄箱を目指した。

ちらりと振り返ると、植村先輩や三年生たちと楽しげにしている彩乃の表情が見えた。

いつの間にか雨はやみ、雲は切れ、金色の光が射している。空の向こうには虹が二重でかかっていた。

雨がやんだ。また降るといけないから先に出るとメッセージを送り、僕は久しぶりにひとりで学校を出た。

水たまりを避けながらゆるゆると自転車を走らせていると、いつの間にか彩乃がそばを自転車で走っている。話し合いはもう終わったのだろうか。

お互い、これといった会話もなく、買い物もなく、今日は別れた。眠いからと嘘をついて夕食も断った。

夜、ベッドをてんてんとしながら、彩乃の好きな男は誰だろうかとあれこれ考えた。

もしかして、あの植村先輩だろうか……。

嫌な想像だ、と自分でも思った。

それにしても僕はなんて中途半端な時期に、あんなことを言ってしまったのだろう。せめてこれがあと数週間先であれば——期末試験あとの夏休み直前——すぐに休みに入って

しまうから顔を合わせなくてもよかったのに。まだまだ毎日、彩乃と顔を合わせなければいけない。そのたびに彩乃はさっきみたいな、どこか怖がったような顔をするのだろうかと思うと、それがもっともしんどかった。

カーテンを開けると、彩乃の部屋の灯りがまだついているのが見えた。

彩乃の顔が出てこないかとしばらく立っていたけど、ばからしくなってカーテンを閉めた。これではストーカーだ。

明け方頃にやっとまどろみ、目覚ましに起こされる。薄暗い窓の向こうは土砂降りだった。今日くらいは学校を休んでしまおうかと思ったけど、このまま雨が降れば陸上部が休みだと思い至って、僕は起き上がった。

彩乃のこと、斉藤先生に僕から言えるチャンスだ。

いってきます、と誰もいない家に声をかけ、鍵を閉めた。自転車にまたがり、ペダルを力任せに踏む。いつもなら、毎朝なんとなくお互いに家の前で落ち合って高校に向かうのだけど、今日はひとりだ。

雨のなか、レインコートを着て自転車に乗る。すぐに身体にまとわりつき、蒸し暑くなった。雨の日くらい電車で行こうと思っても、住宅地の真ん中にある富士本高校に行くにはバスで最寄りの駅へ出て、二駅移動し、さらにバスに乗らなければいけない。面倒なので調べたことはないが、バスのタイミングによっては自転車通学より二時間近く余分にかかるのではないか。

水たまりを避けながらしばらく走っていると、後ろから来た自転車がわざと水たまりに踏み込んだ。

水しぶきをまき散らして僕の横から斜め前に出てきた自転車は、彩乃だった。

「よ」とレインコート姿の彩乃がいつもの挨拶をした。

両手でハンドルをしっかり握っているから、右手の動きはなしだ。

彩乃の顔も赤く見える。

あ、と言ったきり、僕がどう応えていいかわからないでいると、彩乃がにっこり笑った。

「朝から暗いなぁ、智也は」

「そうかな――」

彩乃はからりと晴れた空のように、昨日は何事もなかったかのように笑っている。

「ほら遅刻するよ」

「ああ……」

僕らはいつものように自転車を漕ぎ出した。

彩乃はどういうつもりなのだろう。

昨日のことについて、どう思っているのだろう。

聞きたいことはいっぱいあるのだけど、聞けない。

聞いてしまって、決定的な結論が固まってしまうのが怖かった。

シュレディンガーの猫。結論が出るまでは生きていると考えられる猫。

僕の告白も同じだった。

いまなら告白の行方《ゆくえ》はバラ色でも何色にでも解釈できる。結論が出るまでは何色とも受け取れ、何色でもあり、何色でもない。七色に輝いていると同時に、漆黒の闇の色を持っている。この曖昧さの誘惑に、僕はもう少し浸っていたかった。

彩乃がきっぱり結論を告げてきたら、それは受け入れなければいけない。どんなにつらくても。

しかし、朝のこの時間だ。自転車を漕いで学校へ向かっていくうちに、知り合いが出てくる可能性がある。クラスメイトかもしれない。そうなれば、彩乃だって結論を口にするのを先送りにするかもしれない——。

そんな卑怯《ひきょう》なことを考えながら、僕は自転車を力任せに走らせた。

僕の卑怯な目論見《もくろみ》は正しかった。だんだん周りに同じ高校の制服が見えてきて、クラスメイトらしい男子の後ろ姿も見えてくる。執行猶予の時間は稼げたようだった。

四時間目は斉藤先生の現国だった。陸上の顧問だが、スーツ姿で教壇に立っていると文化部っぽい雰囲気だ。

ちらりと彩乃を盗み見ると、真面目《まじめ》な顔つきで授業を聞いていた。

雨はしとしとと降り続いている。さっさと居眠りを決め込んでいる男子が何人かいた。

集中していたせいか、授業時間は早く進んだのだが、問題はこれからだ。

このぶんなら雨で陸上部はグラウンドを使わないだろうけど、ストレッチや筋トレをするかもしれないと思い出して、僕は昼休みに斉藤先生のところへ行くしかないと結論づけていた。

もちろん、彩乃を障害走に戻してくれという話をするためだった。

斉藤先生へ、どんなふうに言えばいいだろうか。下手《したて》に出るか、泣き落とすか、理詰めで攻めるか。イメージトレーニングみたいなものだ。先生に物申すなんて初めてだから仕方がない。成功のイメージは大事だ。

チャイムが鳴って、四時間目が終わった。

礼が終わるとクラス全体が昼食に向けて、緩む。

そのざわざわをぬって、僕は教室の後ろのドアから出た。職員室へ向かう斉藤先生を追う。先生、ちょっといいでしょうか。想像していたあらゆるパターンよりも声がかすれた。

なんですか、と斉藤先生が振り向く。僕は喉を励まして続けた。あの、先生が顧問の陸上部のことで。佐久間くんも入部する？　いいえ、そうではないのですが、少しお話がありまして……。

近くを何人かの生徒が通り過ぎる。コンビニか購買に行くのだろうか。僕は話そうとしている内容が内容なだけに、緊張すると共にちょっと躊躇《ちゅうちょ》した。

斉藤先生は、そのまま階段を一階降りて国語科教員室へ入っていった。室内にはもうひとり先生がいたが、僕の習っていない先生で名前がわからない。

斉藤先生が自分の席に腰を下ろした。僕は立っている。

「どんな話？」と斉藤先生がまっすぐな目で尋ねた。

「ええっと、ありがとうございます。実は昨日、うちのクラスの春原彩乃さんが砲丸投げを練習していたみたいなのですが……」

僕はしどろもどろになりながら――要するに、イメージングではまったく想定していなかったパターンで――「彩乃を障害走に戻してくれ」と、とにかくお願いしていた。

僕の話が終わって斉藤先生が小首を傾げる。

「話っていうのはそれね？」

「はい――」僕は腕を硬くして、意味なく休めの姿勢を取っていた。

しばらく無言で斉藤先生が僕を見上げている。他の国語教師も戻ってきた。すると、斉藤先生が苦笑いを見せる。

「ふふ。なんで佐久間くんが言いに来たの？」

「なんでって……なんとなく。春原さんのことは幼稚園から知ってて、障害走が大好きだっていうのも知っているので」

斉藤先生が僕を覗き込むようにした。

「春原さんがわたしに話してくれるように、佐久間くんに頼んだのかしら」

「いいえ。違います」

僕はきっぱり答えた。

「そうよね。春原さんはそういう子ではないものね」と、斉藤先生が大きくため息をつく。

「大好きだからって、ときにはどうにもならないこともあるのよね」

「……え？」一瞬、いまの僕のことを言われたのかと思って冷や汗が出た。

「大好きな種目だからこそ壁にぶち当たったときに、こんなはずではないと悔しくてつらくて、やめたくなる子だっているの」

陸上の話だったか。

「――春原さんが、そうだっていうんですか」

「わからないよ。まだ」と斉藤先生が額を押さえるようにした。「わたしも春原さんはいい選手だと思っている。だから、いまは逆に障害走から距離を取ってもいいのかなって思ったのよ」